POÉSIES

DE

Clément COLLONVILLÉ

1914-1919

AMIENS
IMPRIMERIE DU PROGRÈS DE LA SOMME
18, Rue Alphonse-Paillat, 18

1921

POÉSIES

DE

Clément COLLONVILLÉ

1914-1919

AMIENS
IMPRIMERIE DU PROGRÈS DE LA SOMME
18, Rue Alphonse-Paillat, 18

1921

Épître au Kaiser

Empereur d'Allemagne

par un Père pleurant son Fils

Mort au Champ d'honneur dans l'Argonne

Père de l'Antéchrist voué aux gémonies !
Ta place est au supplice au milieu des Furies !
Monstre pétri d'orgueil, émule de Néron !
Ame damnée du Styx, vieux suppôt de Caron !
Plus cruel qu'Attila, égale aussi ta rage
De tuer l'Europe par mort et par carnage.
Du tigre sanguinaire ayant tous les instincts,
Comme lui on te voit dévorer les humains.
Fils de Galigula d'exécrable mémoire,
Le meurtre est ton triomphe ; assassinat ta gloire.
L'opprobre te suivra au-delà du tombeau
Où les vers mangeront ton sinistre cerveau.
De la hideuse mort tu suis l'horrible marche,
Du sang noir aux lèvres, pareil en ta démarche

A la bête farouche, au lion rugissant,
Lequel, dans sa fureur, paraît moins effrayant,
Ta noire âme, maudite, exhalée et puante,
Rouge de sang humain sera donnée par Dante
Au monstre Géryon auquel de tes forfaits
Faudra rendre compte. De Berlin tu rêvais
La fin de ce monde, la mort de la Belgique,
Les supplices d'enfants d'une façon tragique.
Par tes ordres sanglants, tes bandes d'assassins
Egorgeaient les vieillards et leur perçaient les seins ;
Violaient les femmes et poignardaient les prêtres,
Détruisaient les temples, par ordre de leurs maîtres.
Au cardinal Mercier, maudissant ton courroux,
Tu salis le chapeau en criant : à genoux !
Monstrueuse nature, en ricanant de joie
Tu te frottais les mains. Congestionné du foie,
Rongé par la cirrhose, en jetant ton venin
Sur la création tu souhaitais sa fin.
Horreur du genre humain à la face livide,
Vil, sans pitié, sans cœur, de sang tu es avide.
De nos pauvres enfants tu es le croque-mort ;
Coiffé de ton casque des hussards de la mort,
Par ta faute mon fils repose dans l'Argonne,
Doux héros, victime de ta fureur teutonne ;
Son âme te maudit, et moi le bénissant
Je te voue au mépris du monde frissonnant.
Horrible parjure, pour justifier ta guerre
Tu mentis au Deutschland en lui disant naguère :

Nos voisins les Français, du pays allemand
Violent la frontière ; En avant ! En avant !
La France nous y pousse, elle veut notre perte.
Hypocrite, effronté, tu provoquas l'alerte
En poussant tes canons sur tous les malheureux
Soldats belges, surpris, mais des plus valeureux ;
Par le nombre écrasés mais non par la bravoure
A tes gardes-chiourmes firent la chasse à courre.
Août mil neuf cent quatorze, il m'en souvient encor,
Avais vu tes hordes en ravageant le Nord,
Demander, de Paris, la route et la distance.
Joyeux et aviné tu pensais de la France
En arracher le cœur ; mais Joffre et nos soldats
Dans la Marne t'ont dit : là on ne passe pas.
A reculons l'on vit tes armées sous la charge
Brisées par nos canons se sauver au plus large.
Frémissant de terreur, aussi lâche que vil
Tu courais, tu fuyais, du lapin plus subtil,
Pour cacher ta honte, t'enfouissant sous terre,
Tout suant, tout puant, tu priais Dieu le père ;
Tout tremblant de frayeur, tu crus que sur Verdun
Ton cher et digne fils, image du crétin
Sauverait ton prestige avec le sang germain.
Ciel ! Cinq cent mille hommes lancés sur ses murailles
Périrent massacrés sans toucher tes entrailles !
Sans âme, ton Kronprinz, rouge du sang des siens,
Fumait sa cigarette en caressant ses chiens.
Père et fils, sang vicié et pétris dans la fange,
Dégoût de nature, produit le plus étrange

Faucheurs de cœurs humains, macabres fossoyeurs ;
Pourvoyeurs de charniers, sinistres Empereurs !
Pauvre peuple germain, pour deux neurasthéniques
Verser ainsi ton sang ! Pauvres gens fanatiques !
A toi surtout Kaiser, champion du sang versé,
La palme du tyran et de la cruauté ;
A toi loup enragé, cause de la souffrance
Des peuples et du monde et surtout de la France.
A toi épouvantail et vieux sphinx couronné,
Auteur de tant de maux, le sceptre maculé
Du sang de nos enfants. Ignoble personnage
A l'haleine empestée, à la flamme sauvage ;
Exécrable manchot, vampire des nations,
A toi surtout, bandit, les malédictions.
Vomi par un volcan au milieu des cratères,
Tu fais peur aux enfants, aussi aux pauvres mères ;
Et même à ton vieux Dieu, vieux suppôt de l'enfer,
Vieux cousin du démon vomi par Lucifer.
Le vrai Dieu Tout-Puissant ennemi des infâmes,
Divine émanation de l'Empire des âmes
Te réprouve et te hait. Du haut du Paradis
Bientôt te jettera au nombre des maudits.
Misérable cerveau du sceptre de monarque
Tu forgeas un poignard, lequel porte la marque
Du fripon assassin
Dont je veux voir la fin.

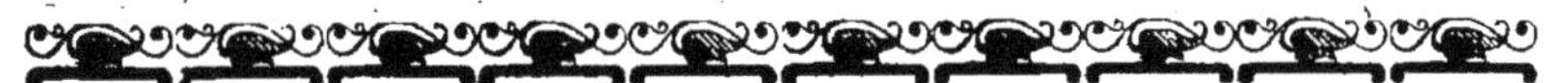

A Guillaume II

Dialogue poétique

Le fils de notre fils, que tu fis orphelin,
Me disait en pleurant, s'essuyant d'une main :
Grand-Père, c'est donc vrai qu'il est méchant, Guillaume,
Qu'il fit trancher les mains aux enfants du royaume
De la pauvre Belgique ?
Dis papa Dominique ?
Conte-moi, je te prie, les crimes de cet homme,
Montre-moi le portrait de ce maudit bonhomme
Qui fit mourir mon père
Et fait veuve ma mère ?
Pourquoi qu'il fait du mal, au monde, aux pauvres gens ?
Il n'a donc pas d'âme ? Pas de petits enfants ?
Je prierai le bon Dieu de le donner au diable
Pour qu'il châtie ce roi, lequel est bien coupable
D'avoir causé la guerre.
Dis-moi, petit grand-père,

Pourquoi qu'il est mauvais et fait mourir les hommes ?
Dis-moi son histoire, pendant que nous y sommes,
Au nom de petit père,
Dis-le moi, dis, grand-père ?
Tes yeux pleins de tristesse expriment tes douleurs,
Le long de ton visage on voit couler tes pleurs.
Je veux te consoler ; embrasse-moi grand-père,
Ne te fais plus de peine ; au soir dans ma prière
Je maudirai Guillaume.
J'irai dans son royaume
Lorsque je serai grand, pour y venger la France ;
Je vengerai tes pleurs et aussi ta souffrance
Sur ce monarque infâme,
Sur ce monstre sans âme !
Mon cher petit André, comme toi je maudis
Ce sinistre empereur, assassin de mon fils.
Une longue agonie en remords de ses crimes
Terminera ses jours, maudit par ses victimes ;
Sa gorge cancéreuse,
Infectée et hideuse,
Provoquera la fin de ce chacal immonde,
Qui fit mourir ton père et chourina le monde.
Sur sa tombe maudite
Honte sera inscrite.
Son corps, dans un cercueil, par la Honte porté,
Par l'horrible Kronprinz, de joie sera pleuré ;
Conduite par Caron dans l'empire des Ombres,
L'âme de ce monstre, dans les noires pénombres

Sera précipitée.
Elle sera traînée
Par des monstres furieux, amis de la Vengeance,
Bourreaux de la Justice et réglant sa balance,
Au fin fond du Tartare,
Séjour de ce barbare.

Août 1918.

Le Songe

L'autre nuit je songeais
Qu'en avion je volais
Au-dessus de la terre, à travers les nuages ;
Je voyais sous mes pieds de riantes images
Déroulant leurs dessins aux couleurs magnifiques,
Je songeais en silence aux envolées mystiques
De l'âme souriante.
Transporté de bonheur,
Je sentais en mon cœur
Une ivresse divine, une douce caresse,
Je sentais en mon âme une douce allégresse
Au milieu de ces airs, sous la voûte azurée.
O spectacle grandiose, sous cette voie lactée
Je sens vibrer mon âme.
Je volai sur Verdun
Aux murailles d'airain;
J'y vis Guillaume II, empereur d'Allemagne,
Animant ses soldats pour prendre la Champagne.

Tel le roi Attila il rugissait de rage,
Tout altéré de sang (horreur) et de carnage,
Je fus pris d'épouvante.
Ce monstre révoltant,
Au visage effrayant,
Discourait et marchait au milieu de ses hommes ;
Il leur parlait des dieux, de Verdun, des Morts-hommes ;
Il invoquait les saints. et le père du diable,
Tel un pauvre et vieux fou au cerveau misérable.
Sa rage était immense.
Attristé je passai
Et plus loin je portai
Mes regards ; effrayé par ces sinistres plaines.
Près d'un bois j'aperçus aux pieds de quelques chênes,
La tombe de mon fils. Je pleurai en silence
Ce cher et doux héros, défenseur de la France,
Lequel mourut en brave.
Le démon de l'enfer
Me poussant vers la mer,
J'y vis un sous-marin torpillant un navire.
Porté par les ondes. J'aperçus le sourire
De Charles d'Autriche, prince de la Hongrie,
Rayonnant de plaisir. J'y vis aussi l'envie
Sous les traits de Guillaume.
Je passai près du lieu
Où l'on adore Dieu.
J'y vis le Tout-Puissant adoré par les anges,
Autour d'un grand trône soutenu des archanges

Aux attributs divins. Je m'incline et j'adore
La majesté du lieu où j'y devine encore
L'existence de l'âme.
J'y vis l'âme d'un roi
Sans vertu et sans foi
Rampant autour du trône, implorant la justice
Du tribunal divin le vouant au supplice ;
Je reconnus Guillaume, à son casque, à ses armes,
Le sinistre empereur, cause de tant de larmes.
L'enfer est son partage.
La terreur m'éveilla,
Mon être frissonna.
J'entendis les canons, les fusils, la mitraille,
Tout ce qui constitue les engins de bataille,
J'entendis un avion en glissant sur son aile,
Lequel portait la mort en ses flancs, sa nacelle,
J'étais mouillé de larmes.

Décembre 1917.

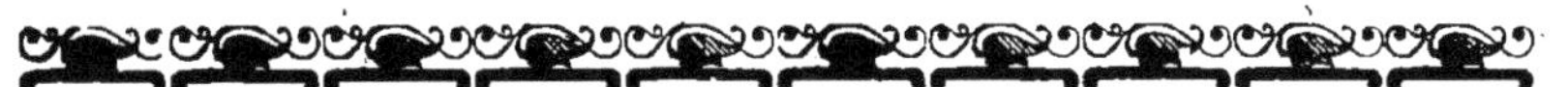

Le Tigre et l'Éléphant

Détenant de son père un trône en héritage,
Repaire de bandits la plus vivante image,
Certain sire éléphant, lourdaud, des plus grossiers
Animal sans vergogne, hargneux, des plus altiers,
Estropié d'une patte et de peu de cervelle,
Rêvait toujours quelque méchanceté nouvelle.
Ses voisins inquiets, sans trêve ni repos,
De sa mauvaise foi et de ses quiproquos
Craignaient toujours le jeu. De nature mauvaise
N'était fourbe pareil pour créer le malaise.
Le monde était heureux, son orgueil en souffrait ;
Pour la pensée du bien son être se cabrait ;
De guerriers, de soldats, sa cour était remplie ;
De guerre on y parlait chaque jour à l'envie.
Il n'était pas d'instant auquel il ne songeât
De dépouiller autrui, il tenait du goujat
Et aussi de Néron. En fourbissant ses armes
Il jubilait, joyeux de porter les alarmes

Chez les peuples voisins dont il était jaloux.
Sans cesse de Vulcain, agité, en courroux,
Exigeait de son art, canons, armes nouvelles ,
Engins de destruction, bombes des plus cruelles ;
Alignait les villes et les grandes cités,
Marquait les hôpitaux devant être éventrés.
Agité, sans sommeil, ne rêvait que carnage.
En agitant sa trompe il semblait pris de rage.
Pourtant il se disait bon apôtre de Dieu ;
Hypocrite il priait pour mieux cacher son jeu
Il fit tant et si bien qu'il déclara la guerre
A l'ours rogue du Nord, flanqué d'un vieux compère
Aussi fourbe que lui, voisin de ses états.
Il assemble ses chefs, réunit ses soldats,
Leur fait cette harangue : Guerriers de mon Empire,
Allez, je vous bénis. Ayez pour point de mire
Ma volonté suprême. A tous mes ennemis
Point de quartier. Allez, mort à tous ces bandits,
Détruisez les villes, égorgez les vieillards,
Apportez la gloire sous mes étendards ;
Aux hommes, aux enfants imposez le martyre,
Méritez les honneurs, portez le mal au pire,
Rougissez la terre ! versez le sang à flots
Sur l'Océan, partout. Déchaînez les fléaux,
Portez la souffrance à sa limite extrême,
Mon Dieu vous bénira pour ce plaisir que j'aime.
Partez guerriers vaillants, montrez-vous valeureux,
Donnez à mes désirs cette joie des heureux ;

Courez aux frontières et donnez à mon âme
Ces plaisirs suprêmes que de vous je réclame.
L'ours ainsi menacé fit appel au lion
Allié au léopard. Tous tinrent bon ;
Survint aussi le tigre, ami de l'alliance,
Fin matois politique et plein d'expérience ;
On suivit ses conseils, on fit beaucoup d'amis.
L'armée du gros lourdaud, entourée d'ennemis,
Périt de misères, dans de grandes souffrances,
Abandonné de tous, même de ses alliances.
L'éléphant fut battu, le tigre l'assomma,
Il ne put se cacher, son peuple l'étrangla.
Et la paix se signa.
Le monde respira.

2 *Août* 1918.

Hommage à l'Armée

Magnanimes héros, l'univers est heureux
De voir votre bravoure en ces combats affreux.
Quatre ans de lutte atroce, en défendant la France
N'ont en rien ralenti votre fière vaillance.
Les fanfaronnades d'un Kronprinz, d'un Kaiser
N'ont jamais émoussé votre énergie de fer.
Gloire à vous fiers soldats, soutiens de la Patrie,
Honneur de la Nation, laquelle vous sourie ;
Témoin de vos peines, témoin de vos douleurs
La France vous bénit en vous couvrant de fleurs,
Sa tendresse pour vous est celle d'une mère,
En pleurant ses enfants, a droit d'en être fière.
Sur la tombe des morts, près des chers disparus,
Elle verse des pleurs sur ceux qui ne sont plus.
Du colosse allemand, en vrais fils de la France,
Vous tuez son effort, vous minez sa puissance.
Descendants de Hoche, de Marceau, de Kléber,
En votre cœur frémit leur vrai sang le plus fier ;

Admirables soldats, légions héroïques,
Dignes d'être chantés en des vers homériques ;
Phalanges au cœur fier, effroi des Allemands,
Le monde admire en vous ses enfants triomphants.
Unissant vos efforts vous sauvâtes le monde
Des griffes acérées de l'empereur immonde,
Qui fit des Allemands, des bandes d'assassins,
Souillant l'humanité, horrifiant les destins.
Ce sauvage pensait avec ses créatures,
Vous mettre à sa merci par sinistres tortures ;
Inventeur de la peste et du gaz asphyxiant
Il a cru vous dompter. Ce génie malfaisant,
Apôtre de Néron, pilier de tous les crimes,
Ne rêvait que le sang, coulant de ses victimes ;
Son cerveau ruminait déjà depuis longtemps
Les odieux procédés pour tuer les enfants,
Massacrer les vieillards, martyriser les prêtres,
Détruire les cités, pulvériser les êtres.
Au palais de Postdam, quand il était enfant,
Il crucifiait les chats en les martyrisant ;
Il chourinait les chiens, de colère et de rage
Il piétinait leurs corps avec un cri sauvage ;
Il dénichait les nids des tous petits oiseaux,
Il les faisait mourir, les jetait aux ruisseaux ;
Il aimait la lecture où l'on parle du crime,
Son instinct le portait vers les salles d'escrime ;
En naissant il griffait,
En jouant il mordait,

Elève de Bismarck, il grandit dans la fange,
Ayant pour professeur cette nature étrange
Qui respirait la haine et ne pensait qu'au mal.
Il sut mettre en pratique, au palais impérial,
Les leçons de ce fourbe aux instincts de pirate,
Lequel n'eut dans sa vie qu'une idée scélérate.
Le monde était heureux, il en était jaloux,
Il ne pouvait souffrir un régime aussi doux.
Le laboureur des champs produisait la richesse,
Conduisait sa charrue, était plein d'allégresse,
Il mêlait sa chanson à celle des oiseaux,
Comme il était joyeux derrière ses chevaux ;
Son âme était ravie, il se sentait en fête
Au milieu de la plaine. En s'essuyant la tête
Il pensait à Cérès ; il lui tressait des fleurs
Et priait la déesse, amie des laboureurs
De donner l'abondance à la terre et à l'homme,
Pour prix de ses efforts. En sa langue d'idiome
Il rêvait le bonheur et la joie du foyer ;
Il chantait la nature en un ton famillier ;
Ses bêtes l'adoraient et marchaient en silence,
Et lui les caressant, priait la Providence
De veiller sur la terre aux choses de la paix,
D'inspirer aux peuples les vertus, les bienfaits.
Il aimait son prochain d'un amour véritable
Et voulait ici-bas un esprit secourable.
Il méprisait l'envie, l'avarice et l'orgueil,
La luxure du riche, assis dans un fauteuil ;

Il aimait le travail, admirait la nature,
Chérissait ses enfants, était la bonté pure ;
Sa compagne chérie partageait son labeur
Et toujours avec soin lui donnait le bonheur ;
Comme il était heureux, le soir à la veillée,
Au sein de sa famille ! Sa fatigue allégée
Par le bonheur des siens et par un doux repos,
Le portait au sommeil, le regard demi clos.
Comme au temps du passé, une joyeuse idylle
Enseignait les vertus tant chantées par Virgile.
Le berger dans la plaine au milieu du troupeau
Imitait le Dieu Pan, jouant du chalumeau ;
Ses airs mélodieux, dans ces sites champêtres,
Rappelaient l'âge d'or, réjouissaient ses maîtres.
L'agneau près du chien bondissait en courant ;
Les nymphes dans les fleurs voltigeaient en chantant ;
Le joyeux sansonnet, compagnon de la troupe,
Gazouillait sa chanson, sur la brebis en croupe ;
L'alouette chantait, en volant vers les cieux,
Ses amours, son bonheur, comme au temps des aïeux ;
Les enfants sur la route, en allant à l'école,
Aux joyeux papillons leur criaient : vole, vole ;
La nature et l'amour, au milieu du vallon,
Se tenaient par la main, chantaient à l'unisson ;
Les jeux, les ris, les chants, égayaient la campagne,
Le villageois riait auprès de sa compagne.
Avide de grand air, le citadin courait
Vivifier ses poumons que la ville altérait.

Près d'un champ de verdure on s'assemble en famille,
On fait la dînette sur l'herbe, bien tranquille ;
L'enchanteresse Armide tant enviée par Vénus
Enfantait des héros et chantait leurs vertus ;
Les beaux arts fleurissaient, embellissant la vie,
Chacun était heureux au sein de la Patrie ;
Le travail, l'industrie, nourrissaient la nation
De leurs riches produits tirés de l'ambition ;
En traits fins l'artisan, à la pensée mobile,
Tirait de son cerveau, l'agréable et l'utile ;
Près de sa compagne, l'ouvrier laborieux,
Adorait ses enfants et jouait avec eux ;
Ses petits l'entouraient d'une douce caresse,
L'appelaient petit père en lui donnant l'ivresse ;
Le jardinier heureux, au sein du potager,
Admirait ses plantes, surveillait son verger ;
Les roses embaumaient de senteurs parfumées ;
Le rossignol chantait au loin dans les ramées,
Son chant mélodieux montait haut vers le ciel,
Dans un concert divin, remerciant l'Eternel,
Les anges l'écoutaient au milieu des nuages,
Frémissant de plaisir dans ces jolis mirages ;
Dans un rayon d'amour, le monde respirait,
Choyant la nature qui partout le charmait.
Soudain de l'Allemagne, en un bruit de tonnerre
Sinistre, retentit l'horrible cri de guerre !
De son antre, le monstre, en invoquant son Dieu,
Poussait un cri de rage, écumant, l'œil en feu.

Sa bile débordait. Zigzaguant sous l'ivresse,
Ce farouche empereur aux instincts de tigresse,
Ordonnait aux Teutons, en barbare inhumain,
D'égorger les nations leur tombant sous la main.
Sa poitrine gonflait et sa voix haletante,
En des sons gutturaux répandait l'épouvante ;
Il voulait de la terre être le commandeur
Et même à l'Univers commander en seigneur ;
Miné par son larynx aux fibres cancéreuses,
Voulait la fin du monde en des douleurs affreuses.
Race d'Hohenzollern, race de chiens maudits !
Race d'hydrophobes, exécrables bandits !
Atomes répugnants, microbes de la peste !
Même au peuple germain, race la plus funeste.
Empereur exécré ne rêvant que le mal ;
Organes ulcérés aux instincts d'animal,
Fils de cannibales, féroce antropophage,
Formant avec ses fils, un sinistre assemblage ;
Terrible avec les faibles, tremblant avec les forts,
La bonté lui répugne, partout il veut des morts:
Nouveau Caracalla, ce fou neurasthénique
Dirigea ses armées sur la pauvre Belgique
Dont il fit égorger les enfants, les vieillards,
Par ses maudits soldats, ses bandes de pillards.
Ce lui fut un plaisir de saigner ces provinces,
Ravager les villes. Ce furent jeux de princes
Pour ses dignes, enfants d'enfoncer les palais,
De mettre tout à sac, de voler les objets

A leur convenance. Les plus belles peintures,
Les plus beaux sujets d'art, les plus belles sculptures
Partirent pour Postdam, au palais de Berlin,
Tristes réceptacles d'un répugnant larcin.
Sinistres professeurs de haut vol. Rois sauvages
Elevés sur un trône aux criminels usages,
Famille de brigands, buveurs de sang humain !
Détestables bandits, voleurs de grand chemin !
Par ordre du Kaiser on brûla les chaumières,
On égorgea les fils sur les seins de leur mère.
La rage des soldats pour ce pauvre royaume
Est portée au comble par ce fou de Guillaume,
Cet empereur parjure, idole des Teutons
Criait : Sus aux Flamands, sous d'horribles jurons.
Il était glorieux, heureux de la victoire
Remportée vingt contre un, dont il se faisait gloire.
Avec ses lieutenants, ses millions de guerriers,
Dans le sang des Wallons, il planta ses lauriers.
Repu du sang flamand il poussa ses armées
Dans les plaines du Nord. Lille, Douai, Arras,
Souffrirent l'invasion de ses maudits soldats.
Guillaume jubilait ; sa joie était immense
De pouvoir égorger et Paris et la France.
Comme au temps du déluge on vit les animaux
Se sauver dans la plaine. Effrayés les oiseaux
Cessaient leurs chants joyeux, fuyant ces lieux terribles
Où la mort triomphait, avec des cris horribles.
Guillaume la suivait, stimulant son ardeur
Au milieu du charnier. Ce sinistre empereur,

Aux instincts monstrueux, à l'haleine fétide,
Se repaissait de sang, dans sa joie homicide.
Ses soldats ivres-morts insultaient la douleur ;
La foule frémissait d'épouvante et d'horreur ;
Comme un torrent furieux, ses eaux bruyantes,
Ces masses épaisses, ces hordes haletantes
Dirigeaient leur marche sur Amiens, sur Paris,
De ce dernier surtout, Guillaume était épris.
Son désir était grand de voir la capitale
Et d'humilier la ville, en marche triomphale.
Pauvre manchot d'un bras, estropié du cerveau,
Plus propre à faire un âne et plus sûr un bourreau.
Fiers poilus, tous héros, tous hardis sous les armes,
Dans la Marne et sur l'Ourcq, sans craintes et sans alarmes,
Vous fûtes tous des lions, nobles et courageux ;
Gloire à vous ! gloire à tous, guerriers valeureux,
L'histoire chantera vos célèbres batailles
Où vous fûtes vainqueurs, sous des pluies de mitrailles ;
Sous les murs de Verdun, sans faiblir un instant,
Chacun vit sous vos coups chanceler l'Allemand.
Au Kaiser, au Kronprinz, à toute l'Allemagne,
Sur les bords de la Somme et plaine de Champagne,
Au monde émerveillé, à l'Univers entier,
Glorieux, vous fîtes voir ce que peut un guerrier
Défendant son foyer, ses droits et la justice ;
L'histoire des braves en son haut frontispice
Inscrira en traits d'or vos merveilleux exploits.
La Marne, l'Ourcq, Verdun, Soissons, mille autres voix

Crieront votre bravoure à travers tous les âges,
Diront votre héroïsme en de célèbres pages.
La douce poésie pleurera les héros
Tombés pour la Patrie ; redira aux échos,
Sur la lyre des dieux, la grandeur de votre âme ;
Sur l'airain, sur le bronze, en un rayon de flamme,
Vos noms seront inscrits pour la postérité
A côté des braves morts pour la liberté,
En traits des plus sanglants, en récits effroyables,
L'histoire flétrira les brutes responsables
De la souffrance humaine, objet de mille morts,
Inventions du démon pour mutiler les corps.
Les peuples maudiront ces hommes sanguinaires,
Infâmes assassins, affreux tortionnaires,
Lesquels pendant quatre ans mutilèrent sans pitié,
Par tous moyens de mort, le monde révolté.
L'autre nuit, je songeai qu'aux Enfers descendu,
Je rencontrai Guillaume au visage abattu,
Cherchant la solitude, en ces lieux de souffrance.
Il était agité, il pensait à la France ;
Ses remords l'étouffaient ; il tremblait sous la peur,
Il recherchait son Dieu pour calmer sa frayeur.
En foule, les esprits, furieux sur son passage,
Criaient : anathème ! lui crachaient au visage ;
Il était effrayant, vrai portrait du bourreau,
Il était repoussant dans ce triste tableau ;
Un rictus de démon lui découvrait la bouche
Et donnait à ses traits [illegible]ir d'un tigre farouche..

Sous ses pas chancelants, tremblait un corps affreux,
Teint de tous les crimes dans ces lieux ténébreux,
Ses mains nues, décharnées, lui comprimaient la bouche ;
Tel un squelette hideux, un fantôme farouche,
Sa poitrine oppressée par l'odeur de l'enfer
Semblait près d'éclater sous une main de fer.
Galigula, Néron, précurseurs de cet homme,
Misérables princes, tyrans odieux de Rome,
Tous ces monstres maudits, empereurs assassins,
Accouraient l'embrasser en lui serrant les mains.
Ces maudits infernaux de l'enfer, suppliaient la justice
De juger des maudits, d'abréger leur supplice,
D'abréger sa vengeance et aussi leurs douleurs,
Ils maudissaient leur vie, au milieu des clameurs.
On entendait au loin l'horrible cri des mères
Arriver dans ces lieux où leurs plaintes amères
Vont troubler les damnés. Les échos répétaient
La douleur des enfants, dont les larmes coulaient,
Traînés par des vieillards, cherchant parmi les tombes,
Les héros de leur sang parmi ces hécatombes.
Il me semblait entendre, au sein des Océans,
Des clameurs sinistres et des cris déchirants ;
Les ondes apportaient dans des concerts lugubres,
Les douleurs tragiques dans ces eaux insalubres ;
Les petits malheureux, traînés par leurs parents,
Se trouvaient entraînés sur leurs corps expirants.
Les esprits terrifiés frémissaient d'épouvante,
Demandant au démon punition éclatante.

De sinistres échos grondaient dans cet enfer,
On entendait des voix percer les murs de fer,
Semblant venir de Reims, Soissons, Amiens, Péronne,
De toutes les villes avoisinant l'Argonne,
Implorant la Justice au nom du Tout-Puissant.
Coiffé d'une tiare, je vis vêtu de blanc,
Un prêtre déconfit, s'approcher de Guillaume,
Lui parler de pardon. Venant de son royaume
Il venait en mission et pour le consoler.
Terrifié je partis, me mis à sangloter ;
En sortant de ces lieux je vis l'âme d'Hartmann,
Le cardinal teuton, enchaînée par Satan
La conduisant au supplice, entourée par des diables
Poussant des cris affreux, les plus épouvantables.
Je m'éveillai en tremblant, frémissant de terreur,
J'entendis dans le ciel, le cri du Dieu vengeur.

15 *Septembre* 1918.

Le Vœu du Poilu

Comme en un mauvais rêve, au sombre cauchemar,
Je dormais étouffé sous le poids d'un jaguar
Vrai portrait du Kaiser. Je sentis dans mes veines
Un arrêt de la vie, un serrement de chaînes,
Je sentais un nuage à la puante odeur
Tordre tout mon être et me mordre le cœur.
Pendant cinquante mois, ce songe épouvantable
Me fit frémir l'âme de façon effroyable ;
Vision douloureuse, ouvrage du Kaiser,
Prince dénaturé, digne fils de l'enfer,
Ouvrier de la mort, créature inhumaine,
Artisan du destin ne rêvant que la haine,
Descendant d'Attila au génie malfaisant,
Destructeur des nations, assassin de l'enfant,
Artisan de l'orgueil, tyran implacable,
Sacrifiant son pays, de façon lamentable.
Son règne fut forgé de la gloire du mal,
Des cris de la souffrance où il fut génial.

Unique dans l'histoire, on dira de cet homme
Qu'il fut un misérable, un de ceux que l'on nomme
En crachant de dégoût. Tel un Caligula,
Un Néron roi, odieux fruits de Torquemada,
Fripons émérites, glorifiant le carnage
Où le sang ruissela d'une façon sauvage,
Imitant ces tigres, tous empereurs romains
Au naturel féroce, images d'assassins.
De cet homme l'histoire, en de sinistres pages,
Flétrira l'être odieux, digne chef de sauvages,
Lequel fut un monarque au cerveau enragé,
Pétri dans la fange, dont le cœur ulcéré
Ne connût que l'orgueil et jamais la bonté.
Une seule pensée anima sa cervelle :
Etre maître du monde et sa vie éternelle !
A travers les siècles, comme un clairon d'airain,
Les voix répéteront les combats de Verdun,
Les combats de la Marne, aussi ceux de la Somme,
Où tombèrent meurtris, les soldats de cet homme,
Monarque sans pitié pour ses pauvres germains
Fauchés par nos canons sous des cris inhumains !
Bataille de géants au fond d'une fournaise,
Où partout triompha la furia française.
La fureur des armées, sous la voûte du ciel,
Epouvanta la terre et même l'Eternel.
Partout des corps sanglants fauchés par la mitraille,
Refroidissaient le cœur, vous soulevaient l'entraille ;
Le dieu Mars lui-même, frémissait de terreur,
Dans cette tuerie dégoûtante d'horreur ;

Seul, l'empereur teuton, assis auprès des tombes,
Pensait à sa couronne, à son Dieu, à ses bombes.
Livré à ses remords, honteux d'être vaincu,
Ce sublime fripon s'est enfui éperdu.
Poursuivi par la mort qui le trouble et le hante,
Dont la faux aiguisée le poursuit menaçante,
Le jaguar, pris au piège, entrevoit le trépas
Ou il sent le bourreau le suivre pas à pas.
Fourbe, lâche et poltron, un soufle l'épouvante ;
Pour lui tous les égards, à d'autres la brayante ;
Plus fier que d'Artagnan, il s'assied sur les morts,
Des vivants il n'a peur, sinon lorsqu'ils sont forts.
Vieux poilus, mes amis, noircis par la mitraille,
Rescapés de la mort, de la dure bataille,
Vainqueurs des Allemands, au fier sang généreux,
Descendants de Bayard, le fier d'entre les preux,
Défenseurs, tous héros, serviteurs de la France,
Demandons pour Guillaume une haute potence,
Où pendu haut et court, ce monarque cruel,
Montre sa face au monde au pavillon Eiffel.

8 *Décembre* 1918.

La Fuite du Boche

On nage dans la joie, le bonheur est immense ;
Le boche s'est enfui, pourchassé de la France,
Se sentant au derrière un pied des plus vengeurs.
Au milieu des vivats, applaudis des rieurs,
Jamais l'on avait vu, de mémoire historique,
Semblable désarroi ni plus grande panique.
Hardis matamores, guerriers audacieux,
Les soldats du Kaiser, angoissés, anxieux,
Se sauvaient effrayés, poursuivis par leur ombre ;
Les entrailles serrées, ayant l'air le plus sombre,
Bondissant dans la plaine, à travers les forêts,
Maudissant le destin, exhalant leurs regrets.
Hindenburg, Ludendorf, généraux de bataille,
Montés sur leurs coursiers, bien loin de la mitraille,
Etaient au premiers rangs, poursuivis par la peur,
Tremblants dans leur culottes et mourant de frayeur ;
Des génies les suivaient, rappelant leurs prouesses ;
Le général Marwitz, aux appétits gloutons,
Lequel avait promis d'avaler nos canons,

Monté sur son cheval, courait bride abattue,
Filait dans les sentiers à le perdre de vue.
Dans sa fuite éperdue, au milieu du fracas,
L'armée en déroute, se sauvait à grands pas ;
Sur son triste passage, une odeur fort puante,
Indiquait son chemin, tracé par l'épouvante.
Les Français par la droite, les Anglais au milieu,
Américains à gauche, écrasant sous leur feu
Cette armée de bandits qui fit trembler la terre,
Conduite par Guillaume, qu'elle appelait son Père ;
Leur unique Bertha, emmanchée d'un long col,
Avait pris les devants dans un dur et lourd vol,
Sa voix était éteinte, elle semblait souffrante ;
Pauvre fille aux traits durs, plus bête que méchante,
Amoureuse du bruit, elle aimait le fracas
Et pensait de Paris, l'amener dans ses bras.
De ses muscles puissants elle ébranlait la plaine,
Ses yeux étaient voilés, se conduisait à peine ;
Ses gardiens abattus, en songeant à son sort,
Voulaient la consoler d'échapper à la mort ;
Elle avait l'âme fière et pleine d'espérance,
On lui avait appris à détester la France ;
Sa douleur était grande, on lui avait promis
D'aller faire la bombe et danser à Paris.
Pauvre Bertha ! Honteuse, elle s'était enfuie
Avec son empereur, beau roussin d'Arcadie.
Ce sire couronné, aux tissus cancéreux,
Laissa derrière lui, dans un état affreux,

Des millions de Germains sous l'affreuse mitraille
Des combattants alliés, maîtres de la bataille.
Parjure et criminel, ce monarque exécré,
Surpassa le tigre par sa férocité ;
Elève de Bismarck, à la pensée cruelle,
Les nations il voulait mettre sous sa tutelle.
Comme aux temps barbares, comme au temps de Néron
Où Rome gémissait d'une atroce façon,
Cet inspiré du mal, ordonnateur du crime
Ne songeait qu'au bonheur de saigner sa victime.
Né pour être empereur, il trompa le destin,
Il changea sa nature en celle d'assassin.
Piètre animalcule, insecte misérable,
Pauvre bête de Dieu, inspiré par le diable,
Il voulait soulever la terre jusqu'au ciel
Pour y placer son trône auprès de l'Eternel.
Virtuose du crime, affreuse créature !
Produit excrémentiel, déjection de nature !
Sans tambour ni trompette, en lâche, il s'est enfui
En laissant ses armées bien loin derrière lui ;
L'œil hagard, dilaté, sortant de son orbite,
Il avait l'air d'un fou précipitant sa fuite,
Tel un chien enragé, poussé par la fureur,
Il froissait sa lèvre blémie par la douleur.
Cerveau halluciné, ce sinistre monarque
Se sauvait éperdu pour éviter la Parque ;
Il voyait des esprits en foule l'arrêter,
Lui reprochant, furieux, d'avoir fait égorger

Des vieillards, des enfants, des prêtres et des femmes ;
D'avoir livré des bourgs au pillage et aux flammes ;
Il entendait des voix crier à l'assassin !
Où se mêlaient des noms finissant par Berlin.
Dans sa marche rapide il écrasait des tombes,
Il trébuchait de peur, se sauvait loin des bombes ;
Les ondes de la mer lui apportaient les cris
Des malheureux enfants, par torpille engloutis,
Des fantômes en croix, l'arrêtaient au passage,
Lui jetant l'injure, lui crachant au visage ;
Les villes en ruines déroulaient à ses yeux
Des tableaux effrayants, des spectacles affreux ;
Des soupirs étouffés, des râles sous la pierre,
Semblaient le poursuivre, provenant de la terre ;
Sous ses talons mouvants souvent il écrasait
Des ventres allemands où l'entraille sortait
Lui giclant au visage, une goutte puante
Sortant du cadavre où l'âme était absente ;
Des milliers de corbeaux croassaient dans les airs,
Tels des démons ailés, sentant l'odeur des chairs,
Volaient autour de lui, criant des champs lugubres,
Tel le glas du trépas dans ces champs insalubres,
La Mort, l'horrible Mort, squelette décharné,
Rayonnait de plaisir dans ce champ dévasté ;
Dansant dans ce charnier en l'honneur de Guillaume,
L'appelant son cher fils, joyau de son royaume,
Joyeuse, en l'embrassant, le portait dans ses bras,
Eperdue de bonheur et riant aux éclats.

Guillaume chancelait de frayeur et de rage,
Mordait le fantôme partout, même au visage ;
Ces tableaux sinistres le suivirent partout
Comme un rêve d'enfer qui le glaçait surtout.
Accablé de frayeur, il partit en Hollande
Cacher sa majesté à la vue allemande.
Des hommes, le plus lâche, il pourra désormais,
En comptant ses victimes, dénombrer ses forfaits.

22 *Décembre* 1918.

Le Mauvais Patron

L'air hardi, renfrogné, le patron se promène
Dans la cour de l'usine ; empressé il s'amène
Au fond de l'atelier, méchant, bourru, grossier,
Evitant le salut que lui fait l'ouvrier ;
Il fronce le sourcil, indice de colère,
Il songe à la douleur de payer le salaire,
Il passe vivement au milieu des métiers,
Tel un chien menaçant de ses crocs meurtriers ;
Il laisse à sa sortie le bonheur qu'on aspire,
Un gros soulagement que partout on respire,
Il s'amène au bureau, parler au directeur,
L'entretenir tout bas, de son air protecteur,
Des moyens de rogner quelque peu le salaire.
Par projets ingénieux et motif arbitraire.
Assis dans un fauteuil, le torse renversé,
Il fume un gros Havane, à moitié consumé,
Se donnant l'air d'un roi, se croyant une idole,
Songeant à ses millions, de l'air le plus frivole,

Méprisant l'ouvrier qui lui crée son bonheur,
Il parle de projets grossissant son labeur.
Portant combinaisons sur nouvelles matières
Devant lui rapporter grands profits millionnaires ;
De mettre en exercice un métier excellent
Augmentant ses profits de quarante pour cent ;
Surtout pour l'ouvrier, d'avoir la vigilance,
Pressurer le travail, grandir la surveillance,
Diminuer les primes, augmenter doucement
Les tissus refusés qu'il lui vend forcément.
Il faut rogner sur tout, grandir les bénéfices,
Centupler son rapport par tous fins artifices.
Il veut par tous moyens jouir en grand seigneur,
Que lui importe l'homme accablé de douleur !
A lui les jouissances et les biens de la terre,
Il se moque de tout, surtout de la misère ;
A lui la joie de vivre et de rouler sur l'or,
De contempler ses biens et son précieux trésor.
Son cœur formé d'airain ne connaît pas la flamme
Du sentiment du bien, qui fait la joie de l'âme.
Héritier de grands biens, il grandit sous l'orgueil,
Fier de sa richesse qu'il surveille de l'œil,
Qu'il entoure de soins, qu'il agrandit sans peine
Sous l'œil du malheureux dont il grandit la chaîne.
Croyant à Dieu, aux saints, au démon, à l'enfer,
Il adore l'argent qui le rend riche et fier ;
Conseiller général, maire de sa commune,
Grâce à l'influence de sa grande fortune,

Illustre sénateur, rarissime cerveau,
Plus propre à faire un âne, un singe, un étourneau ;
Faisant la charité par deux sous dans la rue
Au pauvre malheureux qui passe et le salue.
Piètre animalcule, poussière des Enfers !
Microbe du typhus, tiré du fond des mers !
Telle pour une pieuvre acharnée sur sa proie,
L'ouvrier par sa mort sera tout à la joie ;
Jamais plus joyeux glas, branlé par carillons
Ne donnera envie de danser cotillons.
Par moyens apparents il transforme ses traits
Toujours changeant son masque aux différents portraits ;
Dissimulant son cœur aux ardentes réclames,
Sous l'empire forcé que réprouvent les âmes.

20 *Juillet* 1919.

Le Bon Patron

L'air content et joyeux le patron se promène
Dans la cour de l'usine. Animé il s'amène
Au seuil de l'atelier, heureux de contempler
La marche du travail ; saluant l'ouvrier,
Sa mine est superbe, sa gaieté rayonnante,
Il songe au vif plaisir d'une affaire importante,
Lui donnant les moyens d'augmenter l'ouvrier,
Le rendre plus heureux, ranimer son foyer.
Il entre à l'atelier où chacun le salue,
L'harmonie est partout où peut porter sa vue,
Son sourire est charmant, gracieux, plein de bonté,
L'ouvrier à sa vue se sent rasséréné.
Le patron est content ; tout se passe avec ordre,
Chacun fait son devoir, sans bruit, sans désordre ;
Les métiers sont brillants, partout la propreté
Règne dans l'atelier où trône la gaîté.
Le directeur s'amène avec la main tendue
Au devant du patron, la mine toute émue,

Le mettant au courant de la situation,
De l'état du travail donnant satisfaction.
Modeste rendement sur certaines matières
Permettant au patron d'augmenter les salaires.
Ils s'en vont au bureau dépouiller le courrier,
S'intéressant sans cesse au bien-être ouvrier,
Alléger son labeur par moyens mécaniques,
En lui rendant son sort plus doux et moins tragique ;
Veiller à l'hygiène, aux besoins journaliers
Des plus nécessiteux, parmi les ouvriers ;
Parer à ses besoins, venir en aide aux femmes,
Rhabiller les petits, éviter les réclames,
Veiller aux dépenses faites mal à propos,
Utiliser l'argent par moyens de dépôts ;
Pour fonder des secours, établir des retraites
Pour les vieux travailleurs, usés, sans maisonnettes,
Faire appel à sa bourse pour les nécessiteux,
Soulager l'infortune et les plus malheureux.
Sa vue porte partout ; en parlant il s'anime,
Il parle au directeur, de Pierre, la victime
D'un bien triste accident qui lui cassa le bras ;
Il voudrait qu'on le tint instruit de son état,
Qu'on lui portât des soins ainsi qu'à sa famille,
Porter des aliments en quantité utile,
Lui porter le bonjour, ainsi que ses souhaits
Pour que sa guérison ne donne aucuns méfaits.
Il parle aussi de Louis dont la femme est malade,
Envoyer le docteur, son plus cher camarade,

Sitôt que possible, donner consultation,
Lui rendre compte après de sa situation.
Il prie le directeur d'affecter à la caisse
Des secours ouvriers, surtout pour la vieillesse,
Un don de mille francs. Il veut aussi donner
Un secours aux enfants, pour chausser, habiller,
Les petits malheureux, élèves de l'école
Où ils vont recevoir si utile parole.
Ainsi le bon patron pour tous, plein de bonté,
Se sent pour l'ouvrier la plus tendre pitié,
Son cœur est généreux, son âme épanouie
A la pensée du bien adoucissant la vie.
Le directeur, ému des bontés du patron,
Le conduit attendri, jusqu'au bas du perron,
Tous deux des plus heureux, pleins de bonnes pensées,
En se serrant la main, échangent leurs idées
Par un éclair de l'âme ; attendris et heureux
Sous le souffle du bien qu'on fait aux malheureux.

25 *Juillet* 1919.

La Chambre des Députés

Magnifique assemblée, chacun est à son banc :
Ministres, députés, Monsieur le Président ;
Tribunes brillantes, magnifiques toilettes :
Duchesses, comtesses, bourgeoises, midinettes ;
Très illustre assemblée, orateurs éminents,
Démosthènes brillants, orateurs éloquents.
La séance est ouverte, on parle, on interpelle,
On fixe la tribune d'où part une étincelle ;
Un ministre est en cause et l'on vient démontrer
Qu'il fut un imbécile, un âne fort grossier,
Qu'il est bon tout au plus, à élever des oies,
Mener les vaches paître, en suscitant leurs joies,
En un mot, simplement, d'élever des pigeons,
Veiller la basse-cour, engraisser des cochons.
Parlementaire illustre, étoile de tribune,
On entend ce tribun maudire l'infortune
Et plaindre les nations de vivre sous les lois
D'un état révoltant, imitation des rois ;
D'un grand geste oratoire et plein de véhémence
Il élève les bras, grand signe d'éloquence ;
Il est transfiguré. On entend l'orateur
Crier aux députés ; Je veux être l'auteur

De la félicité des peuples et du monde,
Je vous offre un projet à la source profonde,
Assurant le bonheur, le bien-être ici-bas,
La joie et le plaisir et la vie sans tracas ;
L'homme doit vivre libre et sans lois et sans maîtres,
Partout sous le soleil que ses feux ont vu naître ;
Il sait se gouverner et vivre sous les cieux,
Sans se donner de mal, sous l'égide des dieux ;
Le plaisir est son lot, la joie est son partage,
Il est roi de la terre ; elle est son apanage,
Plus de mal, plus de peine, arrière les travaux
Qui fatiguent le corps, engendrent tous les maux ;
A lui toutes les joies, à lui la jouissance,
Tous les biens sont pour lui, arrière la souffrance ;
Il est l'égal des dieux, il peut être immortel
Et vivre sans soucis, sous la voûte du ciel.
L'homme, dès aujourd'hui, peut changer la planète
Par moyens ingénieux et toujours être en fête.
Ainsi, pendant longtemps, une docte assemblée
Ecouta sans rougir, l'éloquence sacrée.
Un autre, non moins fou et non moins éloquent,
Débita à grands traits son joli boniment.
Tel un vieux charlatan, aux produits mirifiques,
Par de grands arguments offre ses eaux magiques,
Par moyens géniaux que lui seul il trouva,
Il a, dans son cerveau, un projet qu'il rêva ;
Assurant le bonheur par moyen de fortune,
En déplaçant l'astre qu'on appelle la lune,

Cause de tous malheurs par ses perturbations,
Détruisant l'harmonie et troublant les nations.
Déroulant un projet, sous forme de mémoire
Qu'il lit à l'assemblée et dont il se fait gloire,
Il s'exprime en Hébreu du plus pur charabia,
Mêlant cosmographie avec *Alleluia*.
La Chambre était ravie d'écouter ce grand homme,
Tel un fier Cicéron, grand orateur de Rome.
Le président s'incline et chacun d'applaudir
L'élucubrant discours bon à faire frémir.
Un ministre applaudit, demandant l'affichage
Pour que partout en France on voie ce beau langage ;
Le président en tête et par acclamations,
On fit au député de grandes ovations.
Un troisième luron termina la séance
Par une injure à tous, en bravant l'assistance ;
Tonnant à la tribune, étalant les bienfaits
De la Reine Anarchie, aux désordres parfaits,
Donnant aux citoyens une parfaite aisance
Pour vivre en parasites, au sein de l'abondance.
La Chambre, sous le rire, éclata en bravos,
Sacrant ce député à l'égal des héros.
Ainsi se termina cette belle journée
Où trois grands citoyens illustrèrent l'assemblée,
Prouvant au pays que pour quarante francs
On peut, par beaux discours, égaler les savants.

26 *Juillet* 1919

La Grève ouvrière

L'agitation grandit au sein des travailleurs,
On quitte l'atelier, objet de durs labeurs,
On s'éloigne, on s'assemble, tous unis l'on s'attroupe,
On pérore, on discute, on suit un chef de groupe,
Excellent ouvrier, esprit droit, plein d'ardeur ;
On s'approche, l'on s'empresse auprès de l'orateur
Dont la voix est sonore, ardente et sympathique ;
On l'entend discourir ; son accent énergique,
Ses regards pénétrants, son visage aux traits doux,
Ses gestes naturels le font aimer de tous.
Son doux langage est clair, sa parole est facile ;
Il précise les faits, ne dit rien d'inutile ;
Ami sûr du devoir, pour tous plein de bonté,
Tempéré et conscient, aimant la vérité ;
Esprit droit, au cœur franc et rempli de noblesse,
Donnant aux compagnons, aide dans la détresse,
Adorant son métier, l'aimant avec passion,
Lui donnant tous ses soins, toute son attention ;

Paternel, dévoué pour toute sa famille,
Veillant à ses besoins, l'air content et tranquille ;
Vertueux, bon époux, soutien de la maison,
Flétrissant l'ouvrier, dépensant sans raison ;
Chérissant ses enfants d'une douce tendresse,
Leur inspirant l'horreur de la noire paresse,
Le sentiment du bien, l'amour de la vertu,
Leur montrant le sentier qu'il avait parcouru ;
Philosophe et patient, aimant la discipline,
Montrant toujours l'exemple, assidu à l'usine,
Ami de la concorde, ennemi des meneurs,
Tous gens écervelés, nuisant aux travailleurs,
Etres vils, malfaisants, dégoûtants parasites,
Ennemis du travail, artisans sans mérites ;
Charançons des nations, rongeur du cœur humain,
Désorganisateurs, ennemis de tout bien ;
Rebuts de la nature, horribles cancroïdes
Empoisonnant la vie de leur venins morbides.
On fait le silence, l'on écoute sans bruit
Le discours de ce sage, inspiré par l'esprit,
Le bon sens, la raison, basée sur la logique.
Parlant aux compagnons, sans esprit politique,
Il cause doucement des droits du travailleur,
De sa tâche pénible et de son dur labeur ;
Producteur bienfaisant, source de la richesse,
Ornement des nations, formant la vraie noblesse.
Le travail, s'écrit-il, honore l'ouvrier,
Il ennoblit son âme et son cœur au métier ;

Instrument de génie, enfant de la nature,
Il féconde, comme elle, une œuvre la plus pure ;
Il travaille la terre, il nourrit les nations,
Il défend les Etats contre les ambitions ;
Tout sort de son cerveau, l'industrie est son œuvre,
Il est l'outil divin, l'artisan du chef-d'œuvre.
Dans l'ensemble du monde il est pur et brillant,
Il en est le joyau, le rubis éclatant,
Silencieux, on se serre, écoutant sa parole,
On entendrait le bruit d'une mouche qui vole.
Son sujet l'animant, l'orateur est profond,
Déclame ses idées, les développe à fond ;
Sa harangue est serrée, lucide et lumineuse,
Exprimant sa pensée d'une façon heureuse.
Nouvel Argonaute, tenant des Cartésiens,
Il veut, pour le travail, un ordre plus humain.
En termes élevés, on l'entend qu'il s'écrie :
Compagnons de labeur, bataillons pour la vie ;
Le travail est pour l'homme une nécessité
Tirée de la nature en toute éternité,
Il est aussi pour lui la tranquillité d'âme,
Un objet d'amour-propre et les soins qu'il réclame
Un espoir de bien-être, un sujet de fierté
Se rapportant au bien dans la Société.
Des siècles ont passé, des siècles d'esclavage,
Soumettant l'ouvrier au plus triste servage,
Au rôle humiliant de certains animaux,
Le soumettant sans cesse aux plus durs des travaux,

Le privant de tous droits à l'égal de la bête,
Le traitant durement du corps et de la tête ;
La Révolution, en lui brisant ses fers,
Ne changea point les lois de ses maîtres pervers ;
Toujours il fut soumis au plus dur arbitraire,
Au caprice humiliant d'un sire atrabilaire,
Tirant de son labeur un trésor abondant
Lui donnant la fierté, un orgueil révoltant ;
Se donnant de l'esprit par surcroît de fortune,
Méprisant l'ouvrier que son rire importune.
Tant d'odieuse injustice au travail créateur
Révolta l'ouvrier contre son exploiteur.
La cause du travail, aujourd'hui dans le monde,
Ebranle les nations d'une façon profonde ;
Partout un craquement sinistre et menaçant
Mine l'édifice vermoulu et branlant ;
La machine ouvrière, usée dans ses jointures,
Menace le monde des pires aventures ;
L'horizon s'assombrit ; des signes précurseurs
Annoncent des éclairs, de sinistres lueurs,
Tel un furieux volcan, du fond de son cratère,
Prépare en sourdine l'objet de sa colère,
Honorant le travail de son noble labeur,
L'ouvrier veut pour tous une part de bonheur ;
Respectueux de l'ordre et de l'obéissance
Il veut, pour ses efforts, avoir la jouissance
Du fruit de son travail, gagné par sa sueur,
Par son mal quotidien, le fardeau du labeur ;

Prenant part à la peine, il veut être à la gloire,
Au bonheur de la vie, si amère et si noire ;
Il aspire aux bienfaits d'un soleil plus clément,
Apportant ses rayons sur son sort accablant.
Tout est bien, dira-t-on, dans le meilleur des mondes,
Le ciel a tout prévu dans ses pensées profondes,
La Bible nous le dit ; il est bon d'en douter
Et sur beaucoup de points il nous faut raisonner.
Un monarque orgueilleux, ambitieux, imbécile,
Un âne couronné, parasite inutile,
Ordonne à son peuple d'obéir à son roi,
D'égorger ses voisins, porter partout l'effroi ;
Il viole les traités, il nie sa signature,
Comme un simple jésuite, il se montre parjure,
Il invoque le ciel, son Dieu il appela ;
Le sang coule à torrents comme au temps d'Attila ;
La souffrance est partout, la douleur effroyable.
La chose, compagnons, est-elle supportable ?
Un esclave de l'or, compulseur de millions,
Egoïste enragé, vrai chiendent des nations,
Au palais somptueux, abri de la luxure ;
Jouisseur effréné, disciple d'Epicure,
Grand maître d'industrie, aux légions d'ouvriers,
Rognant les salaires dans tous les ateliers,
Tirant parti de tout, exploitant la misère,
A tous les travailleurs, rendant la vie amère ;
Méprisant la bonté, adorant le veau d'or,
Devant l'éternité roulant sur son trésor.

Un Pangloss vous dira, en sa philosophie,
Que le tout est parfait et que telle est la vie.
Par ce raisonnement faut-il se contenter
De se laisser battre sans même protester ?
Tout beau pour le destin, lequel est trop commode
De bien l'assaisonner pour le mettre à la mode.
Autres temps, autres mœurs et selon la raison
Portons remède au temps, en aidant la saison ;
Sans changer la nature, en sa marche divine,
Unissons nos efforts pour vaincre la routine
Supportée trop longtemps avec trop de douceur ;
Adorée du riche, contraire au travailleur,
L'industrie, la culture aux mamelles fécondes
Donnent droit à chacun à leurs sources profondes.
Travailleurs de la terre, activons ses produits,
Retirons de son sein les plus beaux de ses fruits,
Actionnons la machine, activons ses organes,
Tirons de ses efforts les bienfaits des profanes,
Tirons de nos cerveaux les beautés du progrès,
Fouillons avec orgueil ses mystérieux secrets,
Créons la vraie richesse, exclusive du maître,
Donnant droit pour chacun à sa part de bien-être,
Méprisons la fortune aux désirs ambitieux,
Corruptrice éhontée de l'homme vertueux,
Excitant les passions, créant la jalousie,
Détruisant la concorde, empoisonnant la vie ;
Maudissons son empire aux mains des rois de l'or,
Semant la servitude, tyrannisant le sort ;

Travaillons pour la paix, créons des lois nouvelles,
Tuons la barbarie, oublions nos querelles ;
Soyons bons et humains, soyons hommes de cœur,
Soulageons nos amis, atteints par la douleur ;
Régénérons le monde et grandissons notre âme,
Prouvons que l'ouvrier fait le bien sans réclame ;
Que partout sur la terre où règne le travail,
L'ouvrier soit l'exemple et l'orgueil au bercail ;
Qu'au fond de l'atelier, auprès de sa machine,
Il en suive la marche au profit de l'usine,
Tirant de ses efforts les produits merveilleux
Que la science conçoit dans ses plis mystérieux ;
Que bientôt, compagnons, dans l'histoire du monde
L'horloge du travail, marque une heure féconde.
Le désir enragé, effréné des millions
Provoqua chez l'homme les plus tristes passions,
Les plus mauvais instincts, les bassesses de l'âme,
Le mépris du pauvre, le désir de réclame ;
Rêvant à la grandeur acquise par l'argent,
Dédaignant la misère au symptôme apparent,
Se croyant immortel sous la voûte céleste,
N'abaissant son mépris que par peur de la peste,
Au contraire du sage ayant peur de la mort,
Cherchant par tous moyens la clémence du sort ;
Ne croyant au bon Dieu que pour la jouissance,
Se moquant en secret de sa Toute Puissance,
Ne laissant après lui qu'un souvenir amer,
Le mépris de chacun, l'attente de l'enfer.

De plus sages idées, éteignant la misère,
Devront bientôt sortir de la classe ouvrière,
Tirant de la raison un exemple précieux,
Mettant un nouveau frein aux désirs ambitieux,
Amenant sur la terre un peu plus de justice,
Un peu plus de bonté, détruisant l'artifice
Conçu par la nature en ses plans mystérieux.
L'homme a des droits égaux, sensibles, impérieux.
Vivant sous le soleil, l'artisan et l'artiste,
Le patron, l'ouvrier, sans idée égoïste,
Ont pour devoir sublime un labeur quotidien
Donnant droit au bonheur et la joie à chacun ;
Telle une ruche immense où l'abeille butine,
Apportant le nectar sous son aile divine,
Désormais l'ouvrier, bûchant avec ardeur,
Doit obéir aux lois d'un état protecteur.
Réglant le capital en bienfaits tutélaires,
Répartissant ses fruits remplaçant les salaires,
Sous l'action du travail, nos bras et nos cerveaux
Donnant tous leurs efforts en des concerts nouveaux,
Forgeront notre union en nouvelles maximes.
Tirant du capital nos droits les plus ultimes
En socialisant les pertes et les profits,
Soumettant le patron à sa part de produits.
Ainsi de sages lois tirées de la justice
Règleront pour chacun sa part de bénéfice,
Régiront le travail par association,
Donnant la paix à tous sans révolution.

Etudions nos devoirs en ces choses nouvelles.
Groupons-nous fortement pour ces lois essentielles
Demandons la sagesse aux conseils ouvriers,
Rejetons les brouillons, vivant de nos deniers,
Refusons leur vaccin d'origine inconnue,
Méprisons leurs discours étalés dans la rue
Ou le spectre fatal de la fin des nations,
J'entrevois tout au long sous d'horribles visions.
Compagnons de labeur, soyons amis de l'ordre,
Repoussons l'anarchie, grande amie du désordre,
Faisons œuvre de vie et non celle de mort,
Evitons les Troski, les Lénine et consorts.
Emue par ce discours imprégné de sagesse,
La réunion prit fin sous les cris d'allégresse.

Ode à la Paix

Peuples assemblons-nous en frères
Pour fêter le jour de la paix,
Tissons les plus belles bannières
Où seront inscrits ses bienfaits.
Maudissons les fauteurs de guerre,
Monstres buveurs de sang, honte du genre humain,
Tous en tigres, rois de la terre, au cœur d'airain,
Ont sans cesse rougi la terre.
Tous les peuples unis,
Soyons toujours amis ;
Chantons, chantons vive la paix,
Célébrons ses bienfaits.

Profession de Foi

d'un Paysan picard

D'une obscure naissance et sans titre et sans gloire,
Mon berceau fut forgé de couleur la plus noire.
Dans un sombre réduit, sans espace et sans air,
Je grandis étiolé sous un tableau d'enfer.
Comme un grain du hasard, volant à l'aventure,
Je me développai, sans aide et sans culture,
Au gré de tous les vents, au caprice du sort,
Glanant ma pauvre vie, en attendant la mort ;
Voltigeant, butinant le miel de mon enfance
Sous l'œil de la nature, en son doux rêve immense ;
Chantant, courant, roulant sur le tapis humain,
Sans le moindre souci d'un triste lendemain.

Dieu

La nuit m'aidant, je cherche au fond de l'univers
Un être créateur, dispensateur des airs ;
Fouillant l'immensité en mes esprits aveugles,
J'ose espérer trouver le forgeron des peuples ;
Du grand Dieu tout puissant, objet de religion
Suscitant parmi nous ridicule opinion.
Dans ma marche insensée, dont l'esprit impalpable,
Mon âme m'entraîne vers l'incommensurable
Où notre monde infini, au milieu de l'orgueil,
Trouble la vérité, sous un voile de deuil ;
Entraîné dans l'espace au milieu des étoiles,
Je cherchais les secrets, devant d'immenses étoiles.

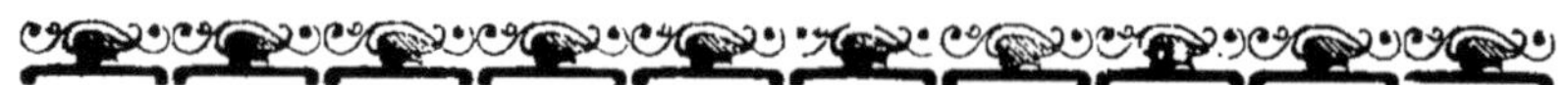

Pensées

pour servir à l'édification de l'homme

Pendant qu'un ministre disparaît sous les fleurs,
Le pauvre peuple attend la fin de ses douleurs.
Par de jolis discours au Sénat, à la Chambre,
On lui a dit : patience, il faut savoir attendre.
Peuple, tu es pressé, il faut savoir souffrir,
Tu auras le bien-être au moment de mourir.
Pauvres hommes d'Etat, ambitieux de la gloire,
Toujours tout pour eux, toujours la même histoire,
Qu'il s'agisse d'un roi ou d'un autre mortel,
On verra sans cesse ce refrain éternel :
Post mortens nihil est at una disel omnes.

28 *Décembre* 1918.

Apparition de Dieu à Guillaume II

dans les ruines de Soissons

— Du haut de mon trône j'ai entendu ta voix :
Je viens à ton appel que tu fis plusieurs fois.
— Que Votre Majesté, mon Dieu, en soit louée ;
Sa condescendance, par toute mon armée
Sera portée au ciel. Partout le Tout-Puissant
Sera glorifié. Dans l'Empire allemand,
Partout, dans mes Etats, votre magnificence
En fêtes pompeuses envers la Providence,
Témoignera bien haut votre divinité,
Ses bienfaits, sa puissance et votre majesté.
Pour la prospérité de la grande Allemagne
J'ai fondé des armées, fait brillante campagne ;
Détruit la Belgique, fait souffrir les Français,
Lesquels me tiennent tête, ainsi que les Anglais.
Malgré mes sous-marins, torpillant avec zèle,
J'ai peur de l'Amérique, à la France fidèle.

De tous ces ennemis me voyant entourés
Et de leurs bataillons me voyant enserrés,
J'ai pensé, ô mon Dieu, à votre aide divine
Pour terrasser sans fin cette sale vermine.
— Les rois, mes serviteurs, sur la terre, en tous lieux,
Sur un trône placés pour accomplir mes vœux,
Ont pour devoir suprême une douce sagesse.
Soumis à ma puissance, à ma loi vengeresse,
Ils doivent gouverner sagement leurs Etats,
Donner à leurs sujets, sans cesse, pas à pas,
Un repos assuré pour travailler la terre,
Activer l'industrie, dont la source prospère
Donne le bien-être dans un bonheur fécond.
Les rois, à mon instar, sur le trône où ils sont,
Sont les pères des lois avec juste mesure ;
Doivent la justice comme loi de nature.
Tout-Puissant, sans contrôle, en créant l'univers
J'ai donné à l'homme des attributs divers.
De l'amour du prochain j'en ai fait un symbole
Et donné, aux humains, faculté de parole.
J'ai formé le cerveau pour la pensée du bien ;
J'ai fait battre le cœur pour le plaisir divin ;
J'ai créé la bonté, fondé belle nature,
Enfin mille attributs, de source la plus pure,
Puisés en mon esprit aux larges conceptions.
Faire le monde heureux par de bonnes actions
Fut toujours ma pensée, fut sans cesse ma joie,
Et malheur à celui s'égarant de ma voie.

Dominant les mondes dans leur immensité
Je vois tout, j'entends tout, de toute éternité
En son étroit espace où j'ai placé la terre
Je lui donnai mes soins et l'affection d'un père.
Les doux échos divins en un bruit religieux
M'apportaient le plaisir de voir le monde heureux.
J'ai créé la vertu à l'usage de l'homme
Comme ornement de l'âme ; et de chétif atome
J'ai voulu qu'il devînt un être créateur,
Un homme génial, un être supérieur.
Ma divine Puissance en projets immuables
Avait formé l'Europe en dessins admirables.
Au sein de l'Empyrée, c'était plaisir de voir
Cet immense rucher courir à son devoir.
La science florissait, donnant à la nature
Une aide précieuse au sein d'une vie pure.
J'entendais les échos produits par le labeur
Des génies bienfaisants apportant le bonheur
Au sein des nations dont la saine richesse
Allégeait le fardeau et donnait l'allégresse.
La terre produisait, sous des efforts géants,
Ce que l'homme désire au milieu de ses champs.
Le citadin heureux, s'enfuyait de la ville,
Emmenant ses enfants et toute sa famille
Respirer le grand air rempli de doux parfums ;
Tout le monde chantait de doux et gais refrains.
Toi seul, dans ces concerts de plaisir et de joie,
Tu forgeais la douleur en tes serres de proie.

A l'affût sur ton trône, entouré d'aigrefins,
Tu rêvais d'étrangler les peuples, tes voisins,
Hanté par le démon au sein de ton Empire,
Tu rêvais le malheur que le diable respire ;
Pendant plus de trente ans ton esprit trémoussa,
Et ton triste cerveau sous ton crâne fuma.
L'épée de Damoclès tu tins toute ta vie
Suspendue sur le monde, objet de ta furie.
Ta gaîté et ta joie furent celles du lion
Dévorant sa victime, égorgeant sans raison.
Rempli d'un fol orgueil, pour conquérir le monde,
Tu fis voir aux Germains que dans ton cœur abonde
Des sentiments humains et miséricordieux.
Tu mentis à ton peuple en lui cachant tes vœux
Noircis de fourberies, de feintes astucieuses,
Cachant ta politique en paroles menteuses.
Ton peuple, lourd d'esprit, se laissa remorquer
Pour la lutte sanglante où l'on dut s'égorger ;
En discours flamboyants, en paroles pompeuses,
Tu fis appel à Dieu de façons élogieuses
Pour vaincre l'ennemi dont tu rêvais la fin,
Et le faire complice en même temps qu'assassin.
Misérable mortel, moins qu'un grain de poussière,
Tu te crus tout puissant, quand tu n'es que matière.
Sous mes pieds, dans le ciel, la voûte s'ébranla,
Je songeai de punir l'être odieux qui souffla
Ce téméraire appel à la bonté divine.
Ajournant ma vengeance et pour qu'on ne devine

Ma secrète pensée, je me fis le témoin
De l'horrible tableau que tu fis avec soin.
Depuis la création, je ne vis dans le monde
Pareille boucherie, plus de fureur immonde.
J'ai vu des flots de sang couler dans les vallons,
Aller rougir les eaux en creusant des sillons ;
J'ai vu, sortant des airs, des engins effroyables,
Fondre sur les villes par bruits épouvantables,
Détruisant les cités, écrasant les vieillards
A côté des enfants dont les membres épars
Formaient une bouillie de chair rouge et meurtrie,
Détruisant les saints lieux d'une foule remplie ;
J'entendis les jurons des soldats en fureur
S'égorger sous tes yeux pétillant de bonheur ;
J'ai vu avec horreur l'écume sur ta lèvre,
Le rouge dans tes yeux, ton sang brûlant de fièvre,
Prescrire à tes soldats tous les moyens de mort
Inventés par l'enfer pour horrifier le sort ;
J'ai vu des pluies de soufre à l'aspect effroyable
Répandre la souffrance, atroce, épouvantable ;
J'ai vu au fond des mers, des cadavres d'enfants
Au petit corps meurtri, déformés et sanglants,
Raidis sur leur mère, tout près d'un grand navire,
Torpillé par ton ordre, acclamé par ton rire ;
J'ai vu sur l'Océan des spectacles affreux ;
J'ai vu des sous-marins, sous tes soupirs heureux
Porter partout la mort sous tes ordres sauvages,
Torpillant des canots jusqu'auprès des rivages.

Pour toi ce fut plaisir et triomphe divin,
Le beau rêve idéal du monarque assassin.
Je souffris en secret de ta nature immonde,
Je partageai l'horreur qui terrifia le monde.
Dans mes desseins secrets je préparai la fin
De ce qui fit ta joie et celle de Berlin.
Préparant ta défaite à fin retentissante,
Je veux que ta honte soit bientôt éclatante.
Assez de souffrances ! assez d'égorgements !
Paix de bonté divine et fin tous armements ;
Malgré toi les peuples déposeront les armes
Et se tendant la main cesseront leurs alarmes.
Dénonçant tes forfaits, désormais ici-bas
Je ferai pour toi seul le tableau du trépas.
La mort, l'affreuse mort sera partout présente
A ton esprit dément. Son image effrayante
Le jour comme la nuit, hantera ton cerveau,
Tel pour le condamné le portrait du bourreau.
Pour toute éternité, tel sera ton supplice,
Tels aussi le veulent l'exemple et ma justice.

Boves, 21 *Février* 1919.

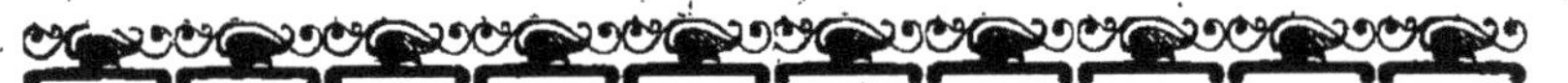

L'Exode

La bataille fait rage. On entend dans la plaine
Crépiter les canons. Des âmes sont en peine.
Dans les airs on entend des sifflements aigus
Passer sur les têtes ; une explosion d'obus
Apporte l'épouvante au milieu du village
Estropiant un enfant, le blessant au visage.
Le père du petit lui aussi est blessé ;
Auprès de son enfant il tombe fracassé.
Les esprits sont troublés ; la frayeur est extrême.
La foule est haletante à cette heure suprême.
Le moment est critique : on pressent le danger ;
Chacun pense aux moyens d'agir pour l'éviter.
On s'émeut, l'on s'empresse, on semble être en démence ;
La frayeur est partout, la terreur est immense.
On court aux pénates, on veut tout emporter ;
La peur vous paralyse, on ne peut que pleurer.
Le vieillard en tremblant, gémit et se lamente,
Il maudit ses vieux jours, trouve la mort trop lente.

Le canon se rapproche ; on le sent là tout près ;
Sa voix semble crier : Partez infortunés !
Les enfants s'accrochent aux jupons de leur mère,
Se cachent leur visage. Eplorée, la grand'mère
Prend la main des petits, éperdus, effarés ;
Tous ont la mort dans l'âme et sont désespérés.
Il faut fuir, s'éloigner, se sauver au plus vite.
On ramasse du linge, à la hâte, on s'agite.
Au milieu des clameurs, on entasse en pleurant
Ce qui vient sous la main, dans un sac assez grand.
On y fourre à grand'peine : objets de literie,
Effets d'habillement, un peu de lingerie ;
Des affaires d'enfants, dont on fait un paquet ;
Le petit lui aussi y place son jouet.
On décroche un portrait, sa figure sourie :
Un portrait de soldat tombé pour la Patrie.
Tendrement on l'embrasse ; on le serre avec soin :
Précieuse relique que l'on emporte au loin.
Mais l'on court, on se presse au plus vite, on se hâte ;
A deux pas dans la rue un incendie éclate ;
Une fumée noire s'élance vers le ciel ;
Vite ! Vite ! Mon Dieu, que le sort est cruel !
Pauvre foyer aimé que tout le monde adore !
Il faut s'en arracher et tâcher qu'à l'aurore
On soit loin de ces lieux, de ces chers souvenirs,
Heureux témoins bénis rappelant les plaisirs !
L'on se presse, on frémit ; sur la route on s'entasse
Chargés de lourds fardeaux. Partout l'on s'embarrasse,

On perd tout en chemin, on s'écrase en marchant.
Ciel ! tableau douloureux ! spectacle déchirant !
Le moment est affreux, la pluie tombe en averse,
On glisse dans la boue, on tombe à la renverse.
La mère au désespoir relève son enfant,
Le presse dans ses bras, le calme en l'embrassant.
Une femme se meurt sur le bord de la route ;
Elle crie, elle implore, en vain, on ne l'écoute,
Tant la frayeur est grande. On marche de l'avant
L'âme émue et brisée, l'air hagard et souffrant.
Dans une charrette, couchés sur de la paille
Deux vieillards languissants maudissent la bataille...
Un vieux prêtre en soutane, un paquet sur le dos
Lève les yeux au ciel ; il aspire au repos.
Les yeux pleins de larmes et la lèvre tremblante
Il est pris de pitié pour la foule souffrante.
Son air vénérable, ses cheveux grisonnants
Attirent les regards attendris des enfants.
Il se met à genoux ; ses regards sont étranges ;
Il prie le Tout-Puissant sans faire de louanges
D'envoyer sur la terre un ange pour la paix,
Arrêter la souffrance, accorder ses bienfaits.
Près de lui, par la main, on traîne un pauvre aveugle
Bousculé par la foule auprès d'un bœuf qui beugle.
De ses grands yeux rougis il s'échappe des pleurs ;
Il tâtonne, il tremble, sous d'horribles clameurs.
On chasse des troupeaux de bêtes en furie
Ecrasant au hasard la foule sous la pluie.

On crie, désespéré, on appelle la mort ;
On maudit le destin, pestant contre le sort,
On maudit le Kaiser, on lui crache au visage ;
On maudit ce monstre ; poussant des cris de rage,
On le voue au supplice, au démon, à l'enfer ;
On demande vengeance aux dieux, à Jupiter ;
On l'appelle bandit, vieux menteur, hypocrite,
Sanguinaire cruel, tous les noms qu'il mérite.
La nuit est survenue ; on cherche dans les champs,
Un abri sous un arbre où coucher les enfants.

25 Avril 1919.

La Réintégration(*)

Bien loin dans la plaine j'aperçois le clocher
De mon riant village. J'ai dû le délaisser,
Chassé par les canons, les obus, la mitraille,
Le fracas des combats, l'horreur de la bataille.
Je vais revoir enfin mon pays tant aimé
Où tout petit enfant, j'ai ri et bien joué ;
Où j'écoutais le chant de ma petite mère
Préparant le repas de mon bon petit père.
Je vais revoir aussi les sentiers tortueux
Où je suivais grand'mère, où j'étais si heureux ;
Où courant par devant, gazouillant dans la plaine
Voulant voir les grands blés, me haussais avec peine.
Ma bonne grand'mère me tenait par la main ;
Je cueillais des bleuets, les pressant sur mon sein ;
Je les fourrai partout au fond de mes culottes,
Grand'mère m'embrassait, tressait mes papillottes.

(*) Cette composition a été inspirée par le malheureux village de Hailles, dans la Somme,

Plus tard avec maman (mon cerveau est précis)
Nous conduisions Margot, notre chèvre au gros pis,
Paître l'herbe bien tendre au milieu des prairies.
Je caressais les fleurs, coupant les plus jolies
Pour en faire un bouquet que maman respirait,
Le trouvant parfumé, très joli et bien fait.
Avec bonne Margot dans les coins de verdure,
Tous trois étions heureux dans la belle nature.
Sautillant et courant, broutant le serpolet,
Margot nous regardait. Nous pensions à son lait
Si pur et bienfaisant donnant à nos organes
Un repas délicieux si utile aux profanes.
Je courais après elle en roulant sur les foins ;
Maman riait de joie en me donnant des soins.
J'écoutais l'alouette et sa chanson joyeuse ;
Je la voyais voler haut toute radieuse.
Le soir nous revenions : Margot en gambadant
Sur le bord du chemin, ma mère en m'embrassant.
Plus tard j'appris à lire en allant à l'école ;
Le maître m'enseignait de sa douce parole,
L'histoire et le calcul, la science et le dessin,
L'amour du travail, le respect du prochain ;
Le respect de la loi, l'amour de la justice,
La haine des tyrans. L'amour du sacrifice
Pour le droit en péril, le foyer menacé ;
L'amour de la famille et de la liberté.
J'appris dans l'histoire les malheurs de la France :
L'invasion du Pays, ses douleurs, sa souffrance.

Je rêvais de fonder de grands Etats unis
Où les peuples alliés seraient de grands amis ;
Et d'où les méchants rois jetés à la ferraille
Ne pourraient plus pousser le monde à la bataille.
Ma vue, mes souvenirs sont surtout bien précis
De ces douces choses présentes à l'esprit.
Enfin me rapprochant du lieu de mon enfance
J'espère retrouver ce beau coin de la France.
Je m'arrête effrayé, sans doute j'ai mal vu.
Plus rien n'est semblable. Ce sentier disparu,
Ce chemin dévasté conduisant à la plaine,
Je ne vois plus ses bords ni son tracé à peine.
Et ces lambeaux de chair pendus aux arbrisseaux
Et cette odeur de sang émanant des ruisseaux,
Ces arbres dépouillés de leur belle verdure ;
Ces vallons dévastés, à l'horrible structure ;
Ce chaos effrayant de mille objets confus
Reposant par terre creusée de trous d'obus ;
Les corbeaux par milliers voltigeant dans la plaine
Et, le bec plein de chair, croassant avec peine ;
Un grand cimetière couvert de sombres croix
Où il me semble entendre un chant triste et des voix.
Je poursuis mon chemin, j'arrive à mon village.
Ciel ! quels sombres tableaux ! quel immense ravage !
Sodome et Gomorrhe, punis par l'Éternel
Ont été moins détruits par la foudre du ciel.
D'une maison en ruine une odeur suffocante
Me prend à la gorge, m'inspirant l'épouvante.

J'étais fou de douleur. Je fouillai dans ce lieu
Les maisons incendiées dévorées par le feu.
Chancelant de douleur, je vis sous les décombres
Des formes humaines écrasées en grands nombres
Exprimant la souffrance et l'horreur de la mort.
Un grand voile de deuil en ce lieu où tout dort
Semble couvrir la terre. Œuvre de l'Allemagne !
Laquelle de son roi crut faire un Charlemagne !
Nation inhumaine, descendant des rois Huns,
Prométhée de malheur, misérables Germains !
Ses remords seront grands en face de l'histoire,
Laquelle redira sa honte la plus noire.
Je tombai à genoux, je pleurai en priant,
Elevant vers le ciel un regard suppliant.
Vers le temple de Dieu mes regards se portèrent ;
Je revis le clocher où les cloches sonnèrent
De joyeux carillons aux beaux airs religieux,
Célébrant les bienfaits du Divin bienheureux.
Pauvres chantres des airs, vos belles voix vibrantes
Ne résonneront plus dans ces plaines mourantes !
Suspendues par miracle aux vieux bois calcinés,
Elles semblaient mortes dans ces lieux dévastés.
Les vieux saints écrasés, gisaient dans les décombres
Avec Christ aplâti dans ces noires pénombres,
Un tableau de la Vierge, au portrait délabré
Donnait à sa figure un air de supplicié.
Pauvre temple béni, asile des fidèles
Où les anges couvraient la foule de leurs ailes !

Ainsi de par Guillaume, envoyé du bon Dieu,
L'on vit ces souillures étalées dans ce lieu !
Sur la porte du temple, hachée par la mitraille,
Ces mots j'ai lus rougis du sang de la bataille :
O vous rois de la terre au sceptre tout puissant !
O vous hommes d'Etat aux grandeurs aspirant !
Venez voir en ces lieux tristes et misérables,
Les effets de l'orgueil aux désirs insatiables.
Pénétrez dans ce temple où l'on venait prier,
Où des petits enfants venaient s'agenouiller,
Où la foule chantait de si jolis cantiques.
Montant vers l'Éternel sous des formes antiques.
Parcourez ces ruines aux décombres fumants
Où la Mort a passé en des traits effrayants ;
Montez haut sur ces murs et portez loin vos vues
Sur ce triste horizon de beautés dépourvues ;
Parcourez la plaine, descendez les vallons
En suivant les coteaux où partout des sillons
Creusés avec le sang ont rougi les rivières,
Ont coloré le ciel d'effrayantes manières ;
Songez aux souffrances des légions de héros
Dormant sous la terre, triste champ de repos.
O maîtres des nations qui gouvernez les mondes
Pensez à ces douleurs immenses et profondes ;
O vous aussi humains composant les États
Témoins de tant d'horreur en ces sanglants combats ;
Songez à ces leçons, aux terribles exemples
Faits pour vous instruire. N'envoyez dans les temples

Où l'on forge les lois que de bons artisans
Amis sûrs de la paix, ennemis des tyrans !
Tout songeur je partis emportant dans mon âme
Les divines leçons que sagesse réclame.

13 *Mars* 1919.

Au Palais de la Paix

Dans ce joli palais, des ministres s'assemblent,
Graves et solennels. Majestueux, ils semblent
Des juges suprêmes, arbitres des nations ;
Tel le dieu Jupiter en ses nobles actions.
Des confins de la terre au delà de l'Europe
Chaque Etat a choisi un disciple d'Esope.
Venus de l'Angleterre et des Etats-Unis,
Envoyés de Rome, tous Etats réunis
Ont pour devoir sublime une mission suprême :
Les souhaits des peuples dans leur désir extrême.
Un crime monstrueux, sortant du droit commun
Doit leur être soumis pour, après examen,
Rendre leur jugement, inflexible et sévère,
Contre un fou couronné, doublé d'un tortionnaire.
Ainsi sont réunis des hommes éminents
Venus de tous côtés, sortis des continents.
La déesse Pallas par l'Olympe envoyée
Prend place en cette enceinte à la voûte dorée ;

Elle tient à la main les signes de la paix :
Des branches d'olivier ; sa vertu, ses bienfaits.
On l'entoure, on se presse ; admirant son égide
Protectrice des dieux aux mains de cette Armide.
Sa démarche est triste ; bien grande est sa douleur,
Sa mise est de grand deuil ; Guillaume est son horreur.
La déesse préside au nom des lois célestes ;
Elle maudit la guerre et ses causes funestes.
Sa douce voix s'anime et des éclairs divins
Eclairent ses regards, colorent ses traits fins.
La messagère Iris remet à la Déesse
Le message des dieux ; leur volonté expresse.
Une voix pénétrante agite tous les cœurs ;
On entend des sanglots, on voit couler des pleurs,
On entend la Déesse invoquer la justice ;
Parler d'un empereur méritant le supplice.
En des traits émouvants, tremblante d'émotion,
La Déesse parlait avec animation
Des horreurs de la guerre et surtout de la France
Mutilée, sanglante ; de sa vive souffrance ;
De ses temples fumants, de ses champs dévastés,
Des enfants orphelins, des vieillards égorgés.
Sa voix est profonde ; son âme frémissante
Jette sur l'assemblée une douleur touchante.
Elle dit sa douleur des horribles spectacles
Dont elle fut témoin. Maudissant les oracles
Qui ont trompé les dieux et surpris l'univers
On l'entend crier : Mort ! à certain roi pervers ;

Horreur du genre humain, fléau de la nature ;
Sinistre malfaiteur, couronné par l'injure ;
A cet homme funeste auteur de tant de maux,
Immolant avec joie des millions de héros ;
S'abreuvant du plaisir des cris de la souffrance ;
Jouissant de bonheur, sans pitié pour l'enfance ;
Caressant sa Bertha, exaltant sa fureur
Pour détruire Paris qu'il avait en horreur ;
Rugissant de bonheur au milieu de la plaine,
Frémissant de plaisir de la souffrance humaine
Ordonnant l'incendie, le massacre et le vol
Heureux du sang versé qui rougissait le sol
Etreignant son cerveau pour exprimer la rage
Dont ses traits rayonnaient au milieu du carnage.
Inspirée par les dieux, lesquels furent témoins
De l'horrible tuerie perpétrée avec soins,
La Déesse indignée fait l'histoire navrante
De l'humaine douleur, de la terre mourante ;
Elle pleure sur Reims, sur Soissons, sur Amiens,
Sur leurs maisons brûlées par des bandes de Huns ;
Sur leurs temples détruits, sur des ruines fumantes
Où l'on voit calcinées des faces effrayantes ;
Sur le sang répandu inspirant la terreur
Au monde épouvanté, saisi de tant d'horreur ;
Elle flétrit le monstre ambitieux et tragique
Couronnant ses forfaits en tuant la Belgique
Ses larmes divines coulant sur les héros
Tombés pour la justice au milieu des bravos.

Vibrante de douleur la Déesse s'écrie :
O vous, simples mortels, artisans de la vie,
Gouvernants de nations, pour un jour au pouvoir,
Réunis en ce jour pour un noble devoir,
Rappelez-vous toujours cette épopée tragique
Où la Mort triompha d'un rire sardonique,
Poussant les combattants de ses bras décharnés,
Saisissant leurs soupirs de leur corps exhalés.
Votre âme déchirée, pendant quatre ans de luttes,
A pu voir des soldats dirigés par des brutes
Et conduits par un roi, dominé par l'orgueil,
Semer partout la mort, porter partout le deuil.
Vous avez vu le sol découvrir ses entrailles,
Abriter des armées de solides murailles ;
Où la foule grondait terrifiant les esprits,
Porter au loin la mort aux combattants meurtris.
Du ciel vous avez vu des engins effroyables
Eclater sur Paris par bruits épouvantables.
L'on vit des sous-marins, inventions de Satan,
Engloutir des vaisseaux sous le grand Océan,
Tel le *Lusitania* allant vers l'Amérique
Portant partout le deuil dans l'Ile britannique.
Tous les dieux assemblés gémissaient dans les cieux
Aux regards terrifiants de ces tableaux affreux.
Vous avez vu pleurer des mères sur des tombes
En maudissant l'auteur qui fit ces hécatombes.
Inspirés par le ciel témoin de tant de maux,
Les dieux vous guideront dans vos doctes travaux.

Vous châtierez ces rois, vous punirez ces princes
Telle l'affreuse pieuvre en ses horribles pinces,
Ont étouffé le monde et saigné l'univers.
Telles seront vos lois pour ces hommes pervers,
Vous serez des juges pour actions criminelles
Et devrez pour la paix, faire des lois nouvelles.
Vous surtout, Clemenceau, Lloyd George, Wilson,
O vous tous ministres à la saine raison,
Contre les ambitieux, les fourbes politiques,
Contre ces scélérats assassins fanatiques
Formez dans cette enceinte un rayon tout puissant
Eclairant les peuples sur leur aveuglement ;
Rassemblez les Etats, formez grande puissance
Contre ces monarques de vulgaire naissance.
Formez une ligue composée des Nations
Formant une barrière aux tristes ambitions.
Inspirez-vous du sage en ses justes maximes
Et tâchez d'éviter le retour de ces crimes.
Ainsi dit la Déesse emportant dans les cieux
L'éloge des humains, les louanges des dieux.

31 *Janvier* 1919.

TABLE DES MATIÈRES

Epître au Kaiser 3
A Guillaume II, dialogue poétique 7
Le Songe 10
Le Tigre et l'Éléphant 13
Hommage à l'Armée 16
Le Vœu du Poilu. 27
La Fuite du Boche 30
Le Mauvais Patron 35
Le Bon Patron 38
La Chambre des Députés 41
La Grève ouvrière 44
Ode à la Paix 53
Profession de Foi d'un Paysan picard 54
Dieu 55
Pensées pour servir à l'édification de l'homme 56
Apparition de Dieu à Guillaume II dans les ruines de Soissons 57
L'Exode 63
La Réintégration 67
Au Palais de la Paix 73

6263 I. - AMIENS - IMP. DU PROGRÈS DE LA SOMME

www.ingramcontent.com/pod-product-compliance
Ingram Content Group UK Ltd.
Pitfield, Milton Keynes, MK11 3LW, UK
UKHW022117260726
13993UKWH00003B/1076